KB093853

넌 내게 꽃이야

넌 내게 꽃이야
ⓒ 조경애 2024

인쇄일 : 2024년 3월 11일
발행일 : 2024년 3월 18일
지은이 : 조 경 애
  부산광역시 금정구 동현로 90 부곡뉴그린아파트 109동 802호
  H·P. 010-4548-8055
발행처 : (주)이화문화출판사
  서울특별시 종로구 인사동길 12 대일빌딩 310호
  02-738-9880(대표전화)
  www.makebook.net
ISBN : 979-11-5547-578-2 03810
정 가 : 10,000원

넌 내게 꽃이야

조 경 애 시집

㈜이화문화출판사

| 시인의 말 |

하늘 밭에는
얼마나 마음 고운 이가 살길래
해와 달, 별과 구름, 바람과 비를 내려보내
꽃을 피우고 세상을 아름답게 채색하는지.

꽃은 최고의 관심사라서
눈으로 보고 마음으로 읽고
그 느낌과 그때의 감정에 충실했습니다.

고맙게도 마음 넉넉한 며늘아기의 정성으로
두 번째 시집을 엮습니다.

| 차례 |

1부

2부

3부

4부

1부

매화 1

누군지 알 수 없는데
쉴 새 없이 나의 귓전에 속삭였습니다.

형체는 안 보여도 어디선가
꽃향기 날아드는 건
어느새 봄이 온 거라고,
봄이 와 있는 게 틀림없다고,

슬며시 창틀에 눌러앉은
따스한 햇살은 노래 부르고
음률을 타며
봄의 왈츠를 온전히 즐기는 건 당신이었습니다.

아직은 3월 초순이라
손끝 시리고
두터운 외투도 못 벗었는데 말입니다.

매화 2

바람이 붑니다.
쌀쌀한 바람이
그래도 입춘 지났으니
봄바람이겠지요.

화병에 꽃을 꽂다가
떨어진 꽃송이가 가여워
찻잔에 띄웠더니
향기가 나를 흔듭니다.

입을 통해
내게 들어온 향긋함이
몸 곳곳을 누비다가
나를 한 마리
나비로 만들었습니다.

찬 바람 속에 피운
매화꽃 사이사이를
한동안 자유롭게 날고 또 날았습니다.

씀바귀

회색 도시 콘크리트 틈새에서
빗물로 목을 축여가며
몸집을 키웠나 보다.
수많은 낮과 밤
오로지 바짝 일어서는 날을 기대하며
비좁고 척박한 시멘트 틈을 안방 삼아
그곳에서 꿈을 꿨나 보다.

오가는 발에 밟혀 진땀 흘리고
자동차 소리와 매연에 시달리면서
몇 날 며칠 낮과 밤을 헤아리며
살포시 꽃피우는 기쁨을 기어이 맛보았어.

쓴맛을 품에 안고 동그란 눈에 큰 웃음 지으며
자랑스러운 너의 독백
여리지만 자유의 날개를 펼치는 오늘까지
옹골차고 꼿꼿하게 버텨내는 생명력이랬지.
지독스럽게 강하고 질긴 너의 이름은 씀바귀.

얼레지

천성산에서 그를 만났다.
곰배령 가면 흔하다지만
굳이 그를 찾아 곰배령 갈 일은 없을 테니

도롱뇽의 생과 사를 놓고
길고 긴 단식 투쟁하신 지율스님이
그토록 지키고 싶었던 천혜의 숲

그 숲에 거주하는 수줍은 그녀
보랏빛 한복 차려입고 외씨버선 위로
살짝 들어 올린 치맛자락
내 마음을 쥐락펴락하였다.

아리따운 매무새와는 달리
바람난 여인이라는 꽃말이 부끄러워
치마폭에 얼굴 묻는 천성산 얼레지.

복수초 1

새해 들어 가장 먼저 피는 꽃
설날 피어서 원일초라 불리는
노랑 복수초

아직 녹지 않은 눈 속
얼음새꽃이라는 이름으로 피고
복을 가져다주는 꽃
추위를 무릅쓰고 존재감을 알린다.

누구에게 무엇을 복수하고자
눈색이꽃을 꿋꿋이 피우는가.
전설 속 복수초는 아들 연인의 영혼.

아름답고 행복했던 순간만을
기억하라는 복수초의 꽃말.
동서양이 다르지만
영원한 행복, 슬픈 추억
봄이 멀지 않았다는 희망의 메시지다.

복수초 2

긴긴 겨울이었습니다.
겨우내 웅크리고
울며 지새던 쓰라린
아픔의 시간
망각의 늪에 쏟아 넣고
새로이 떠오르는 태양
따뜻한 빛으로 다가왔습니다.

꽁꽁 얼어붙은 마음 밭에 움터오는
한 줄기 희망으로 애태우며 그리던
당신 앞에
노랑 옷 단정하게 지어 입고 왔습니다.
남의 눈 의식 않고 한걸음에 서둘러온
새봄의 전령사입니다.

길고 긴 기다림

– 홍매

당신을 보내고
돌아서는 순간부터
도돌이표가 된 기다림

살갗 에도록 춥던 날
불볕 같은 더운 날
붉게 타들던
일몰에 함께 태워버린 그리움

밤하늘
기운 달이 차오르길
몇 번이나 반복했는지
뼈마디 마디 알 수 없는
피멍이 들었다오.

마지막 잔설에 내 비추던 혈흔
감당키 힘들었어요.
그대의 훈훈한 입김에
지레 놀라 터져버린
붉디붉은 이 가슴

벚꽃 1

꽃구경 가던 날
달콤한 꿀 찾아 윙윙거리는 벌인 양
내 가슴도 붕 떠다녔다.

온통 반짝이는 별들이 하늘을 가려
휘늘어진 가지마다 향기가 솔솔
하늘나라 어떤 임은
꽃과 함께 웃었다.

하얀 소금밭에 얼굴 묻고 벚꽃에 취한 임을
카메라 렌즈 안에 넣고 보니
영락없는 환상의 나라.

벚꽃 2

오, 임이시여!
기다림의 시간은 길었고
연분홍빛 황홀한 만남은
너무 짧았소이다

오, 임이시여!
하얀 손 흔들어
훗날을 약속하는 아쉬움

이별의 아픔을
소리 없는 눈물 대신
무엇으로 표현하리오만

녹음 짙어 아우를 때
빨갛게 무르익을
우리 사랑의 열매

오래도록 간직해야 할 징표이오니
임이시여
부디 잊지 말고 기억하소서

벚꽃축제

간밤에 봄비가 내렸습니다.
그간 메마른 대지에 때맞춰 와준,
고맙기 그지없는 단비 금비 꽃비였어요.

꽃샘바람은 여전히 심술궂지만
사랑과 그리움 꾹꾹 눌러 담았던
봉오리를 기어이 터트리고 말았습니다.

더 이상 주체할 수 없는 열정이 용암처럼 폭발했습니다.
벌 나비 날아들고 새들도 노래하니 더불어 온 햇살도
현란한 춤으로 어우러져 어찌 아니 좋을쏜가.
봄의 향연이로다.
벚꽃축제로구나.

자목련

세월이 잘도 흘러갑니다.
벽시계가 멈춰도 시간은 흐릅니다.

매섭던 꽃샘바람마저 자취를 감춘 봄날
백목련 지고 난 뒤
립스틱 곱게 바른 새색시처럼
자목련이 조심스레 입술을 열었습니다.

누구의 웃음이 더 매력 있고
어느 꽃모습이 더 아름다울까.

수줍음 이겨내고 막 웃기 시작한 자목련
한바탕 크게 웃다가 자지러질 때도
우아한 자태 잃지 않기를 기원하는, 참 좋은 봄날입니다.

민들레

참으로 질기고도 질긴 생명력입니다.
12월도 막바지인데
꽃 피고 홀씨 날리는 민들레, 이해되시나요?

휴대전화로 사진을 찍으면서
너 정말 대단하구나! 했습니다.
저 민들레 앞에서
춥다는 말 하기가 부끄러웠어요.

길가 앉은 주정뱅이처럼 발길에 짓밟히면서도
천연덕스레 미소지으며 가녀린 목 길게 빼고 누웠는데

밤새 서리 내려 얼어 죽는 건 아닌지.

자잘한 돌멩이로 담을 쌓아 보호해 줄 테니
오늘 밤만이라도 따뜻한 밤 보내소서.

목백합나무

영주동 메리놀 병원 가는 길
코모도 호텔 앞 어마어마 키 큰 가로수
잎끝을 칼로 싹둑 잘라놓은 듯
특이한 생김새가 놀라웠는데
폭풍 검색 거친 결과 목백합 나무였습니다.

무성한 초록 잎 플라타너스와 혼동할 수도 있지만
봄에 노란색 꽃이 연꽃 닮은 듯 튤립 닮은 듯
피어날 땐 그 매력에 풍덩 빠진답니다.
향기로운 꽃이라서 튤립나무라는 이름도 가졌고요.
꽃말이 '정원의 행복'이라니 더 멋져 보입니다.

속성수라 목재용으로도 으뜸
가을엔 누렇게 단풍 든 잎을 모두 떨구면
꽃 진 자리에 씨방이 또 다른 꽃처럼 아름다운 목백합 나무
내년 봄에 한 번 더 꽃 마중을 가야겠습니다.

일장춘몽(一場春夢)

- 라일락

일렁거리는 바람꽃
날아드는 향기
파도치는 설렘

연보랏빛 옷섶
두근거리는 가슴
살짝 뿌린 향수 한 방울

지고지순한 언약
뜨거운 사랑이었지
아련한 추억이었지

아름다운 맹세
은은한 만남의 향기
봄날 황홀한 꿈이었을까

라일락

껴입은 옷이 무겁고
꿈틀거리는 생의 전율이
연둣빛 봄을 속삭입니다.

나풀거리는 꽃잎 하나
나비처럼 날아들어
싱그러운 축제의 문을 열고

아, 그렇습니다.

연보랏빛
환상의 꽃이 수 놓이고
여백을 채우는
매혹적인 향기에 너울너울
춤사위가 행복해 보입니다.

잡초는 아냐

묵밭이 꽃밭으로 변했다.
빛나는 보석을 뿌려놓은 듯 설렌다.
반짝이는 별들만 빼곡해서
나를 은하 세계로 이끈다.

비바람에 날아온 씨앗들이
빗물에 시달리다 모여든 꽃씨들이
마음 모아 펼쳐낸 세상

누가 가꾸지도
거들떠보지도 않았지만
그들은 왕국을 세웠다.
자기들만의 세계를 만들었다.

이토록 숭고한 자연이 숨 쉬는 지구에
함께할 수 있어서 감동이다.
잡초에 불과한 개망초야, 대단하다.
너희들만의 왕국에서 승승장구하거라.

진달래

칼바람 매섭던 겨울
눈 속에 시린 까치발 하고서
가느다란 목 길게 늘여
임 오시기를 학수고대 했었다.

꽁꽁 얼어붙은 가슴에
빗방울로 오신 그대
굳게 다문 내 입술 더듬어 열고
막힌 귀 간질이던 온화한 입김

긴 기다림으로 지쳐
두텁게 옹이 박힌 감정의 벽
한순간 와르르 허물어뜨려
봉곳봉곳 솟아오른 춘정

불그레한 얼굴로
온 산을 태우는 기교
하늘 높이 치닫는 열정에
두견 두견새의 핏빛 울음이 번져간다.

철쭉

산에 들에 철쭉이 한창이다.
관상수로도 무척 인기가 있단다.
어릴 적 이웃집 아저씨 지게 위에 올라앉아 있던
철쭉꽃이 무척이나 인상적이었지.
그때는 그저 예쁜 꽃을 나뭇짐에 꽂아서 왔네, 라고 생각했는데
땀 흘리며 나무하다가도
집에서는 귀한 꽃이니 한 움큼 가져가면
아내와 아이들 얼굴에 웃음꽃 필 거라는
아버지의 순수한 마음과 사랑을 어미가 되고서야 깨우쳤다.

먹을 수 있는 진달래는 참꽃
먹을 수 없는 철쭉은 개꽃
그래도 꽃말만은 사랑의 즐거움이란다.
첫사랑이라는 영산홍
절제와 청렴이라는 진달래
사랑의 즐거움을 꽃말로 부여받은 철쭉
누가 뭐라 해도 나는 개꽃이라는 또 다른 이름도 맘에 든단다.

쑥국

봄을 먹었다.
내 기억 속 봄의 대표 나물
춘궁기 허기를 달래던 효자

오염되지 않은 쑥을 뒷산에서 캐왔다.
미세먼지도 꽃가루도 미심쩍어 씻고 또 씻어
된장 풀고 바지락으로 궁합도 맞추고
들깻가루까지 조합을 이뤘다.

끓는 내내 쑥 내음이 후각을 자극하며
눈 호강으로 설레었는데
입속으로 들어온 고소하고 달콤 쌉싸래한 봄이
식도를 지나 위장에 안착해서 속살거린다.

몸 안에 봄을 심었으니
봄노래를 부르란다.
알콩달콩 사랑으로 잘 키워
빛나는 보석을 탄생시키란다.
그래그래 열심히 감성을 부추겨
또 다른 나만의 봄으로
꼭 너에게 보답할게.

먼나무

빨간 꽃 무리가 눈길을 끈다.
평소에는 별 관심 없던 가로수
삭막한 거리에 산호처럼 반짝이는 붉은 물결.

한겨울 삭풍을 온몸으로 막아서며
아궁이의 불씨처럼 훈훈한 선물
환경오염에도 강해서 도심의 가로수로 적격이다.

전국 각지에 너의 아름다움을 보여주고
마구마구 자랑하고 싶은데
아쉽게도 먼나무.
남쪽에만 자생하는 남부 수종이란다.

※ 상록수로 봄에 꽃피고 가을에 빨갛게 익은 열매가 겨울 내내
  아름다운 나무로 제주도와 남쪽 해안에 자생한다.

나비란

날자
나풀나풀 날아 보자.
가부좌를 틀고 앉은
너의 속사정을 나는 몰라.

접란이라는 본명 두고도
나비라는 예명을 가졌으니
훨훨 날아서 새로운 안식처를 찾아봐.

사랑스러운 나비야
세상의 잡다한 소리 귀 기울이지 말고
너의 꿈 찾아 자유로이 유영해야지.

다리에 힘을 줘.
활짝 편 날개로 균형 잡고
힘들어도 날아야 해.
그렇게 주저앉으면 끝없이 퇴화한단다.

※ 나비란은 난초과의 식물로 실내 공기정화에 탁월하다.

군자란(君子蘭)

늘 푸른 초심이다.
피 끓는 젊음이 넘쳐나는
굳센 의지

심연의 맑은 지혜
쉼 없이 길어 올려 피워낸
광명의 등불

섭리를 따르며
공허한 마음에 순풍인 듯
교태를 외면한 꿋꿋함이다.

호접란(胡蝶蘭)

우아한 미소로 반기는
한 포기 난(蘭)의 자태
감성(感性)을 유혹한다.

생김새 떠나
무한대의 사랑을 갈망하고
여린 마음 부풀려 자유자재로
조절하는 욕심쟁이

보라색 나비
너울너울 황홀한 춤사위에 홀딱
알싸하면서도
야릇한 향기 모호한 색상
행복의 도가니에 푹 빠져들어 본 시간이었다.

2부

찔레꽃 1

너를 만나니 울 언니인 듯 반갑다.
한없이 소박해 보이면서도
매콤 달보드레한 향기로 조용히 웃고 있지만
어쩐지 외로워 보이는 널 마주할 때마다
창백하던 큰 언니 얼굴이 겹친다.

울 언니 소풍 끝내고 돌아갈 적에
흰옷 한 벌 입고 걸어가는 길목 길목마다
무더기 무더기로 피어있던 하얀 찔레꽃.

살아생전 못 다한 사랑
너의 고운 향기로 흩뿌려 놓고
조심조심 떠나갔을 울 언니.
해마다 이맘때면 너로 인해
언니를 만나면서도 내 가슴은 쓰라리고
소리 없이 미어져
저세상의 울 언니도 늘
너처럼 웃고 있기를 염원한다.

찔레꽃 2

하얀 찔레다.
부드러운 연록의 넝쿨손에
마음과 눈길이 닿았다.

양분 없는 박토에
억척스러운 생명력으로
살아남는 찔레넝쿨

어제는 한 뼘 정도,
오늘은 한 발이다.
숭얼숭얼 이슬처럼 맺은 꽃

잠시 폈다 지는
운명의 아쉬움인지
유난히 짙은 향기 여운으로 남긴다.

백합화

소복 입은 대갓집 규수인 양
고개는 숙일 듯 말듯 다소곳이 모아쥔 손
너를 처음 대한 순간
심장이 두근두근 터지는 줄 알았어.

티 한 점 없이 맑은 표정 고고한 너의 자태
어찌 보면 도도해 보이면서
얼마나 아름다운지
벅차오르는 감정을 어떤 말이나 글로 표현할까.

고혹적인 너의 향기에 가슴 설레며
황홀경에 도취하여
진귀한 여섯 폭 치마 속
꼼짝없이 갇혀버린 포로가 되었지.
향기에 취한 채 이대로 숨이 멎어도 나는 행복해.

수련

수련꽃이 피었더군요.
물은 고여 있으면 썩는다지만
연꽃이 뿌리내린 물은 정화되어 썩지 않는다지요.
씨앗을 맺는 백련이나 홍련은
조금 더 기다려야 필 텐데
수련은 벌써
물 위로 빼꼼히 얼굴 내밀고 환하게 웃어요.

저는 이상하리만큼 어느 꽃이든 흰 꽃에 반해요.
눈길이 가는 만큼 정도 더 많이 가거든요.
목련이랑 찔레, 백합이랑 장미
그리고 연꽃까지
티끌 없이 맑은 하얀색 꽃을
유독 사랑하는 이유는 무엇일까요?

나팔꽃

긴긴 기다림이다.
지난밤 꿈결에 스친 사랑
한 줄기 바람으로 지나갔지.

돌아오신다는
약속 같은 건 없었고
기다릴 약속 또한 없었건만

남몰래 새겨둔
가슴속 문신처럼
지워지지 않는 당신이라서

비껴갈 수 없는
운명이라 여기기에
오늘 아침도 역시 기다림의 연속이다.

왕원추리

병아리 입처럼 귀여운 싹이 뾰족 올라온다.
갈증 느끼던 새싹들
새로운 한 해를 살아보겠다고
단비 생명수 삼아 콧노래 흥얼거린다.

오랜만에 온천천을 걸었는데
항아리에 심어 무심한 듯 툭 놓아둔
원추리가 한 점 작품으로 다가섰다.

두어 달 시간이 흐르면 주황색 큰 꽃
횃불처럼 피워낼 왕원추리
빗물이 온천천을 범람하더라도
네가 앉은 그 자리 끝까지 보존하거라

상사화 1

미인은 잠꾸러기
믿고 싶지 않지만 공감한다.
실컷 자고 일어나 꽃단장했지!
까치발 들고 조심조심 찾아왔다.

긴 시간 기다리다 지쳐
훌훌 털고 떠난 임이시여.
고개 들어 동서남북을 애타게 살펴봐도
가신 임 흔적 없으니
다시 또 내년을 기약하자.

잎은 꽃을 못 보고 꽃은 잎을 못 보는 안타까움
속고 또 속는 도돌이표 같은 기다림의 연속
살아생전 서로 만날 수 없는 기구한 운명의 상사화.

상사화 2

세월이 약이란다.
기다리다 기다리다
까맣게 타 버린 애간장

보고 싶음도 참고 견디면
온전하게
치유될 것이라 믿고
기다렸다.

끝내 함께하지 못한 시간이
앙상한 뼛속에
쓰디쓴 미소만 남을 줄이야.

하지만
내 가슴 속에
애증의 그림자
더 깊숙이 자리 잡았다.

때죽나무

흙먼지 푸석거리던 오솔길
빗물 충분히 머금어 발바닥으로 전해지는 부드러운 느낌
오가는 길가 며칠 전부터 등불을 밝혀둔 것처럼
겸손하게 고개 숙인 주렁주렁 하얀 꽃

진동하는 꽃향기도 향기지만
주위가 환해서 가슴 펴고 심호흡 크게 하고
꽃 이름 뭘까?
이름을 알려고도 하지 않아 이름 없는 꽃이라 한다는
누군가의 말이 떠올라 흰 꽃을 검색해 본다.
때죽나무와 고광나무가 뜬다.

막연했던 흰 꽃이 때죽나무라는 걸 알고
꽃을 대하는 마음이 색다르다.
때죽나무 꽃잎이 떨어져 펑 튀긴 팝콘 엎질러놓은 듯
그 위에 뒹굴고 싶은 심정을 꾹 참고 집으로 고고.

무궁화

깔끔한 다섯 장의 꽃잎
할머니의 질끈 묶은 무명 치마끈이 생각난다.
빳빳이 풀 먹인 울 엄마 모시옷이 보인다.

한 많은 민족, 무한한 정의와 인내를 상징한다는데
꽃잎 하나하나 가만히 들여다보면
왜 우리 외할머니 꼿꼿하던 눈매가 스칠까.
가슴속 소리 없이 외치는 만세 삼창 들릴까.

다 함께 피고 지는
한국인 근성을 조용히 표현한,
우리나라 꽃 무궁화여,
아름답게 피어나라. 영원히 빛나라.

칸나

성하(盛夏)의 산과 들은 온통 초록
그 푸른 물결 속
밤낮을 모르고 울어대는 매미
태어나고 보니 여름이라 너무 더워 우는 거니?
너의 노래로 더위를 잠재울 수는 없잖아.
일주일이지만 실컷 즐기거라.
넘실넘실 초록 물결에 어느 순간
새빨간 성화가 피어오를 테니 말이다.
불이 일더라도 놀라지 마라.
네가 울어대는 여름엔 칸나도
뜨겁게 뜨겁게 정열의 꽃 피우기에 온 힘을 다한단다.

배롱나무

핑크빛 백일홍 방실방실 웃는다. 부산 충렬사 임경업 장군 서원 앞 일렬로 선 배롱나무. 수피가 없어 반질반질한 목질 그대로 온 세상에 드러내놓고 떳떳한 배롱나무.

겉치레 같은 건 필요 없는 순수한 학자로 당당하게 살겠다는 표현으로 사당 앞에 즐겨 심는다는 해설사의 설명을 들으니 숙연해진다.

하늘을 배경으로 한들한들 웃는 꽃송이 송이, 나도 옷을 벗고 티 없이 웃을 수 있는지. 남의 눈 의식할 필요 없이 당당히 살아야겠다.

괜스레 미안함에 반질거리는 나무를 쓰다듬었다. 배롱나무는 간지러운지 온몸을 바르르 떨면서 까르르 까르르 웃는다. 전해오는 촉감이 기분을 좋게 한다.

제라늄

향기롭다

콩닥거리는 가슴으로
매일매일 입술 여는 너 행복한 거지?

계절마저 무시하며
불씨 풀어내기에 고통스럽진 않을까?

꽃을 좋아하는 나야
너의 열정을 높이 사지만
어쩐지 안타깝다

그래서 이름을 붙여본다
말 못 하는 너의 붉은 입술을 절대적인 사랑
향기로운 초록 잎은 희망이라고

※ 허브과의 식물로 양지바른 곳에 두면 사시사철 꽃을 피움.

장미 1

너는 참 예쁘게도 웃는구나.
나도 널 닮고 싶어 생긋 웃어보다가 주위를 살핀다.
한숨 아닌 웃음이어서 다행이긴 하지만
누군가 내 모습을 지켜봤다면
머리 허연 할머니가 제아무리 웃는다고 꽃과 견주겠냐며
핀잔줄 것 같아서 흠칫

그렇지만 누가 뭐라면 어때
긍정적인 마음으로 웃으면 그만
넌 꽃의 여왕이라지?
이왕이면 너처럼 생글생글 웃으면서
근사한 향기까지도 닮아 보려 해.

오늘은 따사로운 햇볕
보드랍게 살랑이는 바람이 오가며 전해주는
기분 좋은 너의 향기로
웃음 한 줌 맴돌고 행복도 한 보따리다.

장미 2

청정한 이슬방울처럼
봉긋
부풀어 오른 가슴
꼭꼭 동여맨 옷고름
지나가는 실바람이
풀어헤쳤나?

귓볼 간지럼 못 견디고
화들짝 웃어버린
정열의 화신이여
몸에 지닌 무기
가시는
언제 어디에 쓰실 텐가.

장미 3

허공에 두 팔 휘둘러봐도
너의 화사한 미소
잡히질 않았다.

허허로운 마음에
또 한 번
간절한 마음으로
내저은 손

꽃잎은 파편으로 흩어지고
날카로운 가시에
심장을 찔려 피를 철철 흘린다.

유월의 장미

저는 얼굴도 알 수 없는,
조국을 위해 목숨 바치신 임께서
흘리셨을 선혈처럼
여기저기 흐드러진 장미.

무심히 흘러가는
시간 속에
이름 모를 임들의 희생이
피멍 든 꽃으로 환생했나 봅니다.

무자비한 총칼 앞에
소리 없이 스러져 가신 임의
혼신인 양
흐느끼며 쏟아지는 꽃잎이여.

산화하신 보훈의 의미 잊혀질까
피비린내 대신한
장미의 짙은 향기로
임에 영혼을 위로합니다.

※ 현충일을 전후해서 장미꽃이 만발한다.

영춘화

은혜로운 그분 뜻으로 다가왔구나.
말간 얼굴로 햇살 반기는 너

돌담에 몸을 맡긴 채
노란색 아름다운 커튼을 드리웠네.

누구를 사랑하기에 달콤한 웃음 흘리고 있느뇨.

빈부 귀천을 떠나 감동적인 연주
너울너울 춤추며 함께 어울리니
풍요의 맛이 몸으로 퍼져 어사화에 어울리던 꽃.

이른 봄 영춘화
먼 훗날까지
너의 눈 속에 나를 담아
생생한 심장 소리 끊임없이 들려줬으면 해.

파초

넉넉한 풍요로움이다.

훠이훠이 어깨춤 추다가
잠시 쉬어도 가고
억센 비바람에 맞서다
넓은 잎 갈기갈기 찢길지라도
의젓하게 우뚝 서서 남모를 여유를 부린다.

저 하늘 뭉게구름과 바람을 데려와
꽃을 피워 보자.
벌 나비 불러 모아
열매를 맺어보자.

하릴없이 기다림도 좋아
푸른 잎 넓게 펼쳐 어깨동무하고
임 오실 그날을 기다리자.
아늑한 품에 살며시 안겨 올 임을 위해
가슴을 열어두자.

아카시아 1

고향은 묻지 않겠다.
소담스러운 모습으로
짙은 향기 흩뿌리는 너의 미소가
설마 하늘을 향한 빈 웃음은 아니겠기에
너를 보낸 방자한 손길
괘씸하기 이를 데 없지만
이제 과거는 접어두자.

질기고 질긴 생명력으로
이 땅에 뿌리 내리고 꽃피운 너를
누가 감히 미워할 수 있겠는가.

숱하게 바뀐 계절의 길목
목마른 나그네처럼
흐드러지게 피어 갈망하는 너의 몸부림
선뜻 정 주지 못한 애틋함을 그린다.

아카시아 2

연녹색 이파리
여리고 여리건만
환장할
백색 꽃이 피었네
주렁주렁
풍성한 꽃송이로
앞산·뒷산 덮을 거냐
꿀처럼
달콤한 향기로
지구촌을 채울 거냐
튀겨놓은
쌀알인 듯
오지게도 피웠구나
단맛 밴 향기로
주린 배를 채웠더니
그만 멀미 나나 봐.

능소화

신비스러운 화려함이었다.
뾰족뾰족 바늘 같은 솔잎 위
주황색 꽃구름.

철들어 알고 보니
어제도 오늘도 임금님을 기다리는
구중궁궐 소화의 넋이었다네.

담장 넘어 끝없이 바라보는
아찔한 소화 눈빛에 독은 품지 않았으되
함부로 근접하지 말지어다.

양반 꽃이라는 전설 하나
가슴 깊은 곳에 뿌리내린 짝사랑
강산이 바뀐들 변하겠냐.

이승에서 못다 뿜은 열정
뜨거운 햇볕 속에 불사르다
뚝뚝 몸져눕는다.

※ 초등학교 정원 커다란 소나무를 감고 오른 능소화꽃을 보고 반한
짝사랑이 오늘까지 이르고 있습니다.

쇠별꽃

발에 밟힐까 깜짝 놀랐다.

하늘에서 반짝이던 별들이
사람들과 어울리고파 지상으로 내려왔나 봐.
여기저기 수두룩이 피어있는 쇠별꽃

내가 떠나온 고향을 늘 그리워하듯
흙에 와서 별꽃을 피우고 보니
두고 온 하늘이 다시 그리워
하얗게 빛 발하며 두 눈 끔벅끔벅
너무도 애잔한 쇠별꽃.

연화

마음을 열어라.
애당초 흐린 물은 없었노라.

뒷골목 진창에 뿌리 내려
내 한 몸 숯처럼 타들지라도
순수함을 소생시킨 생명수로
너를 건져 올리고
해맑은 향기를 선물할지니

근심과 욕심을 버리고
내게로 와
마음 문을 열어라.
자연스레 스스로 깨치라.

3부

코스모스 1

가을이라 두 눈 멈출 곳 없어
파란 하늘에 걸린
운명 같은 사랑입니다.
정처 없이 방황하는 가을바람
끝없는 애무
땅 그림자로 스미어오고
수줍음에 얼굴 붉힌 나뭇잎처럼
휘청거리는 개미허리에
길게 늘인 사슴 목이 되어
푸른 물에 잠긴 노을 바라기
슬퍼지는 가을 사랑입니다.

코스모스 2

활활 타오르던 열꽃
아련한 기억을 더듬어
무거운 발길로 미명에 떠났다.
한 방울 옥로수에
벙긋 여물은 가을의 화신
코스모스
엇나가기만 하던 명분
한 잎 또 한 잎
오롯이 피워낸 기억
햇살처럼 가까이 안기는 너
모가지 길게 늘인
애처로운 너의 몸짓에
여린 내 마음도 함께 흔들린다.

낙엽에 쓴 편지

하늘은 티 없이 높고 맑은데
그대의 미소가 잔잔한 은하수에 녹아 흐릅니다.

칠흑 같은 어둠이 안개처럼 밀려들어
자정으로 가는 시간을 덥석 베어 물고
차마 삼킬 수 없는 가슴 아린 눈물만 그렁그렁.

무언(無言)의 정이 쌓여가는 가을밤
남모르게 흘린 눈물은 안개비로 내려
부평초 같은 내 사랑을 적십니다.

그리움의 긴 강을 건너
애처로운 들꽃처럼 떨고 있을 그대의 입가에
곱싸한 미소로 피었으면 좋겠습니다.

억새의 속삭임

찬바람에 서걱거리는
너의 울음이
산을 건너 내게로 와
이심전심 겹으로 쌓인
억새꽃의 하소연이다

하늘, 하늘 너의 몸짓
눈물겨운 어깨춤에
이런저런 생각은 접어두고
우쭐우쭐 덩달아 춤춰보리

나는 들었네
억새꽃의 서러운 은빛 노래가
지나온 시간을 유추하는
되새김이란 걸

나는 보았네
가녀린 실바람에도
흐느껴 우는 억새의 눈물이
가식을 벗어던진
진실이었음을

가자, 가자, 돌아가자
전생의 기억 속으로
불안감도 초조함도 없는
평화만이 존재하는
에덴의 품으로

자귀나무꽃

종일토록 섧게 섧게
울어대던 쓰르라미
저 혼자 지쳐 잠든 밤

자기야
속살거리는 연분홍빛 언어
한밤의 유혹으로 다가서
숨 막히는 포옹 속에
한 올 한 올 피우는 자귀꽃

더위는 나 몰라라
파리한 달빛마저
너의 미소에 녹아내려
하얗게 지새운 밤이었어라.

이별

– 으아리

어느 햇빛 좋은 봄날
숲속에서 예상치 못한 꽃을 만났다.
이름난 정원도 아닌 숲속 이처럼 예쁜 꽃이?
너무 놀라 벌어진 입을 다물 수 없었다.

씨앗 여물기를 기다려 몇 차례나 그곳을 더 찾았는지
씨앗 영그는 데 오랜 시간이 필요했고
다음 해 봄
초겨울에 채종해온 씨앗 정성 들여 화분에 심고
싹트기를 기다렸지만 발아율 제로

결국 삽목으로 살려서 옥상에 안주시키고
반려 식물로 함께 한 시간 십오 년
오래도록 함께해도
매번 사랑스럽고 매번 자랑스러운 꽃

사랑하는 이들과 나눠 함께 즐겼던
아직도 내 사랑 으아리지만
더는 함께 할 수 없어 억지춘향으로 이별을 고한다.
으아리야, 어느 집 반려식물로 가든
사랑받으며 꽃 잘 피우고 행복하게 지내라.
딸아이 시집보내는 마음이다.

굿바이

나무는 한자리에
큰 움직임 없이 서 있는데

나뭇잎은
제 마음대로 와서 일렁이다가

또 어느 날 떠나겠다는 말도 없이
제 마음대로 포르릉 포르릉

그래,
잘 가거라 안녕.

다시 피어난 꽃

책갈피에 곱게 넣어둔 꽃잎.
너의 호시절을 무슨 생각으로 가둬뒀을까
아무리 되짚어 봐도
무심한 시간 속에 증발해 버린 수증기처럼
기억나지 않는
그때
그 순간

이유는 잊었지만
색바랜 너에게
이제라도 또 다른 생명을 불어넣어 줄게.

숨 쉴 수 없어
답답했던 지난 시간
미안한 마음
한 줄 글로 꽃 피워주면 위로가 될까?

단풍

단풍잎이 곱다.
나도 모를 감탄사
누구라도 시 한 수 읊고
멋스러운 화가도 꿈꾸고 싶을 정도.

자연만큼 훌륭한 예술가
어디 계시오며
저토록 형형색색 고운 물감
채색(彩色)할 천재 화가
도대체 누구란 말인가.

수없이 되풀이되는 담금질과
피와 땀으로 내리치는 망치질에
질 좋은 쇠붙이가 거듭나듯이

그 많은 날의 낮과 밤
해와 달을 찾아 숨바꼭질해온 끝에
스스로 찾아 입는
알록달록 물색 고운
자연이 보내온 고귀한 선물

해바라기

무한정 넓은 창공
첫 페이지
꿈결에 본 당신의 얼굴을 그립니다.

다닥다닥 덮인
세속의 때 벗어던진
첫 새벽 갓 내린 이슬만큼
청순한 얼굴

지울 수 없는 기억으로 그리는 일념
파란 물결 속
온종일 맴돌다, 맴돌다
깜빡 졸고 말았습니다.

불멸의 꽃

꽃 중의 꽃이라 불리는
화려한 양귀비보다
더 아름답다고 말할 수 있는 건
그대 그리움입니다.

물색 고운 꽃도 수명을 다하면
시들고 잊히는 게 당연한 일이지만
그대 그리움만은
어느 조각가의 훌륭한 조형물처럼
변함없는 기억으로 각인되어
오래오래 남아있습니다.

누가 뭐라 하든
내 가슴 깊은 곳에 자리한 그대 그리움
태워도 태워도 타지 않는 불멸의 꽃입니다.

국화 1

평범한 게 싫었소.
비바람 견디며 가시밭길 헤쳐온
그 많은 시간의 모래톱
인내라는 이름 달고
가슴 조이며 쫓아왔소이다.

가을이란 저울 위에
서러운 고독과
슬기로운 향기를 얹어뒀지.

무서리 맞이하는데
눈금 하나 더하고
사랑하는 당신의
영혼을 위해 눈금 하나 곱하리다.

국화 2

아지랑이 걸음마를 시작으로
맑고 순수한 사랑의 샘물
펌프질했습니다.

밤하늘의 별과 달의
노랫말로 애틋한
그리움의 싹 하나 키웠습니다.

타는 듯한 저녁놀과
불면의 밤을
모아 만든 작품이었습니다.

순결하고 고귀한 향으로
하얀 무서리 앞
내 두 무릎 꿇었습니다.

국화 3

헝클어진 실타래처럼
얽히고설킨
그리움을 이겼네.

가슴 저며내는
괴로움도 홀로 견뎌냈네.
운명처럼 다가온 처절한 외로움도
피를 토하는 마음으로 참을 수밖에 없었지.

풋풋하고 정결함을
모두고 모아
무지갯빛 옷을 지어
황홀한 의식에 입으려네.

무서운 욕망의 허상도
천상의 맑은 향으로 감싸 안아
신께서 내린 축복 온몸으로 받았네.

호박꽃

도무지 이해할 수 없다.
뉘라서 못난 여자를
하필이면 나에게 비유하는지
화려한 정원의 관상용은 못 돼도
쓰레기 더미에 버릴 정도로
추한 꽃은 아니지 않은가.

특이한 향기는 아니로되
춤추는 벌 나비 내게도 찾아와
주고받는 밀담은 정겹기만 하다네.

널따랗게 펼친 잎 바람막이 삼아
호롱불 밝히는 일념으로 가꾼 꿈
부종을 치료할 걸세.

하나에서 열까지
내가 베풀 수 있는 만큼
모두 내어 줄 양이니 이제 더 이상
못났다거나 업신여기지 말게나.

근사한 화병에 꼽히는 순간의 사랑보다
황금빛 태양 닮은 얼굴로 어둠 밝히는
평화의 종소리 멀리멀리 울리려네.

남몰래 흘린 눈물

- 선인장

굳은 땅은 아니었다.
먼지 폴폴 날리는 모래밭
정에 주려 잔뜩 웅크린 몸
온통 가시가 돋았다.

운명의 장난인지
메마른 꽃 한 송이
흔들어대는 바람까지도
심장을 혹사해 원망스럽다.

환상의 오아시스를 꿈꾸는
애절한 마음 헤르페스인 양 부풀고
목마른 자의 염원 자취 없이 사라졌다.

행여 잎이 나오려나 돋아나려나
밤마다 막연한 공상에
날카로운 가시만 곧추세우다
뜨거운 피눈물을 쥐어짤 뿐이다.

검게 그을려 설움 배인 미소로
사력을 다해 피워낸 핏빛 진한 꽃
남몰래 곪아 터진 소리 없는 통곡이다.

옥수수

작열하는 태양이 나래 펼치는
풋풋함이 신선하다.
푸른 잎사귀가 수런수런
선연한 햇살의 기억으로 꽃을 피운다.

새침데기 달과 타진해
별빛을 모아 담은 주머니에는
알곡을 빼곡히 채웠다.

은빛 수염 휘날리며
휘적휘적 내젓는 손사래
길게 드리운 그림자가
아버지의 잔영으로 돌아온다.

승학산 억새꽃

학이 비상(飛上)하는 형상이란다.
승학산 능선을 타고내리는
드넓은 억새 군락지
눈 시린 푸른 하늘을 이고
은빛 발하는 생선들이
자유롭게 누웠다.
슬며시 지나는 미풍에도
촉각이 곤두서는 지느러미
오색 무지개 드리우고
바다를 떠나와
산에 누운 설움일까?
눈물 없는 메마른 통곡을 한다.
날숨에 부스스 비늘 떨치고
들숨에 드러눕기를 수만 번
승천(昇天)하는 학이 부러워
어제도 오늘도
서걱거리며 울어대는
수고로움이 하늘에 닿는 날
솜털 같은 날개 돋아
마음껏 날아오를 작은 꿈을 향한
억새의 여린 손끝이 가엾다.

겨울 숲

낙엽 지는 계절이 원인일까?
길가에 아무렇게 나뒹구는 잎새처럼
아직도 사랑을 몰라
서로를 향해 겨눈 날 선 비수가
돌이킬 수 없는 상처를 만든다.

칼바람 이는 추위 탓인지
사랑에 서툰 그들은
서로 껴안을 방법을 몰라
앙상한 갈비뼈 사이로
냉랭한 찬 바람만 쌩쌩 불고
소리 없이 흘리는 눈물.

검붉은 피멍
치유할 길 없는 크나큰 아픔이다.

삼잎 국화

키다리 꽃으로 불렸던 꽃
유년 시절 시골 장독대 옆이나
울타리를 대신해 주던 싱겁이 꽃.

꽃밭에 자라는 다른 꽃들과 달리
왠지 좀 하대받은 꽃이 아니었던가 싶은데
이제 알고 보니 봄에 나는 어린잎을 식용한단다.

우리 고향에선 콩잎도 먹지 않았어.
더더구나 꽃의 어린잎을 나물로 먹는다는 건 상상 불가
한창 더울 때 키만 뻘쭘해서 노란 얼굴로 싱겁게 웃던 너

아무리 맛이 좋다 해도 넌 내게 꽃이야
너의 어린잎을 나물로 먹을 생각 추호도 없으니
걱정일랑 붙들어 매둬 나에게 넌
장독대를 지켜주던 수호신 키다리 꽃으로만 남겨둘게.

나목

초겨울 숲의
헐벗은 나무들은
방전된 몸과 마음을 충전하면서
새 봄맞이 꿈을 꾸겠지.

자운영꽃

겨울밤이 길었습니다.
오방색실 골고루 꿰어가며
예쁜 수를 놓았어요.

실 한 올에 그리움 엮어 넣고
뜨거운 입김 불어 넣은
바늘 한 땀

삭풍에 울어대는 문풍지
위로 삼아 날밤 새워
한땀 한땀 정성을 다했지요.

아지랑이와 함께 오신
당신 앞에 연보랏빛 꽃 이불
살포시 펼쳐드리옵니다.

동백꽃

사계절 내내
그리움으로 들끓던 애간장
빨갛게 타고 있다.

여린 나비 서툰 날갯짓에
혹여 오시나 했던 임
소쩍새 울다 봄은 가고

별빛처럼 반짝이는 푸른 잎
구름 사이 거닐다 보니
넉넉한 햇살이 그리웠나

한 줄기 바람 위에
떨칠 수 없는 귀한 인연
동글동글 옹이로 올라앉아

봄, 여름, 가을
남몰래 숙성시킨 빨간 눈물 꽃
기어이 엄동(嚴冬)을 녹이겠네.

4부

약수터

아침 일곱 시
맑은 공기 찾아
높지도 낮지도 않은
마을 앞 윤산에 오른다.

팔 벌려 반기는 노송
우두머리는 아무나 하는 게 아니라지.
밤이슬 찬 서리 품은 생기.

긴 세월 아픔을 말하듯
드러낸 뿌리 반질거림은
참고 견딘 상처 위에 입혀둔
빛나는 업적이리라.

더운 여름을 마다하랴.
추운 겨울을 마다하랴.
사시사철 늠름한 노송 아래
솔향 밴 약수는 졸졸.

새로운 봄이 올 거야

오늘 하루를 사는 동안
시달린 나의 영혼은
얼마나 더 멀어져 갔을까.

내게서 멀어져 가는 동안
얼음장 밑으로 흐르는 물과 함께
도란거리며 갔을 거야.

아직이라고 고집해 보지만
서릿발 녹아내린 흙을 밀어 올리며
살며시 고개를 드는 희망

그리움이란 이름을 매단
묵은 것을 털어내고
새로운 기지개로 잠에서 깨어나

얼어붙었던 체온을
서로 마주 보며 쓱쓱 비벼
소망을 피워올렸으니

굳게 닫았던 마음도 열리고
창백한 얼굴은 홍조를 띠면서
눈망울이 부풀겠지.

흙 속에 스며든 물처럼
한 해가 내게서 멀어져 갔지만
또 그렇게 새로운 봄이 올 거야.

곱게 익어가자

곱게 익어가려면
영과 육이 건강해야
진정 행복한 사람이다.
한 생을 살면서
누구라도 건강하게 늙어가고 싶을 거다.
쉬울 듯하면서도 어려운 게
건강을 지키는 일.

먹거리가 넘치는 세상이다 보니
맛 좋은 음식도 많고
식탐에 게으름으로
몸은 살찌고 마음은 피폐한 삶의 연속.
젊을 때는 건강의 소중함을 모르고
혈기만 믿고 살다가
나이 들어 여기저기 아프다 보면
그때야 허겁지겁

코로나 질환으로
속절없이 떠나간 이들이 얼마나 많았던가.
의료산업이 나날이 발전하고 있지만
그에 못지않게 더 무서운 질병들이 생겨난다.

아프지 마라.
아프고 싶은 사람 아무도 없지.
병들지 마라.
병들고자 하는 이도 없지.
돈도 명예도 지식도 병 앞에서는 속수무책이다.
행복하고 아름다운 노후를 위해서
말은 줄이고 행동으로 실천하며
저녁노을처럼 곱게곱게 익어가길 바란다.

비 오는 날

2024년 2월 5일
아이들이 등교하는 아침 시간
입춘우도 지나갔지만
이슬비 가랑비 실비가 내려
우산 위로 떨어지는 빗방울을 세며 걷는다.

신년이다, 새해다,
대설경보, 한파특보, 한파주의보, 그러다
겨울 끝자락에 도달한 건가.
바쁜 새가 이리저리 날더니만
눈 깜짝할 새가 그 새였을까.

나뭇가지에 조롱조롱 맺힌 영롱한 물방울
휴대전화 카메라로 세례를 퍼붓다 생각하니
어쩐지 실비 사이로 봄이 올 것만 같다.

이슬비 그치면 따사로운 햇살 아래
봄꽃 피어날 것만 같은 느낌.

그래도, 아직 봄은 아니지
지금도 동해 쪽엔

축축해서 무거운 눈 폭탄이 쏟아지고 있다는데
따뜻한 남쪽 부산에 살면서
혹독한 추위를 겪지 않은 것도 행운이라며
스스로를 위로하는 비 오는 날이다.

가슴 절절한 가을

먼 길 떠날 채비 바쁘다.
노랑 옷 갈아입은 그는 변신을 거듭하며
살랑거리는 바람에
시간 보내고 청운의 꿈을 날려 보냈다.

바라보기만 해도 넉넉하던 황금 들녘
단풍 든 낙엽처럼 붉어지는 눈시울
후드득 뛰던 메뚜기가 흔적을 감췄다.

땀방울 콧노래가 흥겹던
바지런한 농부의 손길
몇 날에 걸친 추수 끝나고
남는 자와 떠나는 자 아랑곳하지 않고
가쁜 숨 몰아쉬며 언덕을 차고 오르는
서늘한 땅그림자

풍요로움도 행복감도 잠시였어라.
미련 없이 떨어지는 잎사귀처럼
나 홀로 남겨두고 모두 어디로들 가는가.

훌훌 털어버린 나무둥치처럼

왠지 모르게 서럽디서러운 이 가을
연보랏빛 들국화와 코스모스 춤사위
하릴없는 허수아비의 흔들림
그게 바로 내 모습 아니런가.

가을 편지

파란 하늘로부터 가을이 왔다.
선선한 바람 타고 잠자리처럼 조심스레 왔다.

한들한들 가냘픈 코스모스 미소에
도사리고 앉은 가을
투명하게 익어가는 산수유 열매에도 빨간 입맞춤
까맣게 변해가는 해바라기 얼굴마저도 사랑스러운 가을

세상 모든 것을 두 팔 벌려 안아주고 싶다.
고운 단풍 떨어뜨리고 헐벗은 모습일지라도
난 너의 모든 것을 소중하게 입력해 둘 거야.

보내고 싶지 않은 가을이지만
성급히 떠나려는 너의 옷자락을 붙잡고 싶은 욕심

단풍 중에 고운 잎을 골라
아쉬움 담긴 편지를 쓴다.

어제의 일기

계절의 강을 건너는 길목
비 지나간 길을
촉촉이 젖은 마음 가다듬고
나도 건너는 중이다.

네거리 신호등 앞
기억 저편에 있던 선한 이가
나를 업어 건널목을 건너가면 좋겠다.

바람 따라 너울거리는 숨결
그리움을 찾아 헤매고
푸른 하늘 밭이 낯설다.

세월의 강에 배를 띄우면
열심히 노를 저어야 할 테니
애틋함 뒤로하고 잠시 비켜서서
다른 내일의 변화를 기다려보자.

가을

가을비가 내린다.
비와 바람이 합세해서 나를 혼돈 속으로 몰아넣는다.
젖은 낙엽들이 도로변에 무겁게 쌓이는데
그 몰골이 꼭 거울 속 푸석한 내 머리칼과 흡사해서
연민의 눈길을 보내다가
휴대전화로 빗물과 버무려진 낙엽 사진을 찍는다.

화려한 옷을 입은 파티가 끝났으니
낮은 곳으로 내려앉아 바스락바스락 사라져가겠지.
스산하던 내 마음을 다독이며 이래서 가을이야.

한편 생각하면 풍성한 오곡을 거두고
갈무리는 필수가 아니런가.
단잠에 빠져있던 감성도 스멀스멀 되살려 주는
참 좋은 가을이지.

장마

2023년 7월 16일, 휴대전화 알람이 아침을 외친다.
창 너머 저 멀리 해운대 하늘은 비를 잔뜩 머금은 먹구름이
진을 치고 있다.

장마라고는 하지만 언제 어느 시에 기습 장대비가 쏟아질지
알 수 없고, 쉴 새 없이 날아드는 부산시, 행정안전부,
동래구청, 연제구청, 금정구, 해운대구, 여러 곳으로부터
안전에 주의하라는 안전 문자가 스무 개씩이나 빗발쳤다.

물론 면피용에 불과한 거지만 세병교, 연안교, 수연교,
하상도로는 모두 다 교통통제. 그런데도 새로운 아침은
찾아왔고, 지하도로 산사태로 40여 명 사망 또는 실종
이라니 더 이상 재난 뉴스 보기가 두렵다.

구멍 난 하늘을 어찌하면 좋을꼬. 장마야, 제발 사고 치지
말고 이제 그만 떠나가 주렴. 붉은 해가 시커먼 비구름을
밀어내주기만을 고대한다.

오월의 기도

이른 아침
동쪽 하늘이 유난히 붉더니만
기지개를 켜며 일어서는 해님
빠른 속도로 빛을 전달한다.

맑고 싱그런
연둣빛 향기 실어 온
산뜻한 바람과 아침 해가
새삼 반가웠다.

창문 앞 서성이는
상큼한 오렌지빛
살가운 햇살
재빨리 문 열어 맞이했지.

가정의 달
사랑이 출렁이는 5월
몸과 마음이 날마다 달라 보이는
신선한 녹음처럼
푸르고 건강하기를 손 모아본다.

구월 중순

9월하고 중순이다.
대지를 열기로 달궈 뜨거운 화덕 같았던 여름.
그리고 푸름의 잔치 속에서 자지러지던
매미와 제비가 어느 순간 자취를 감춰버렸다.

구월은 슬며시 여름을 밀어내며
가을이 자리 잡는다.
후텁지근함 속
가끔 불어주는 상쾌한 바람 높아진 하늘
오곡백과 소리 없이 여물고
귀뚜리가 밤새도록 구슬픈 노래로
날 잠 못 들게 하는 구월은 가을 초입이 틀림없다.

늘 이맘때 동반하는 태풍은 또 왜 이리 많은지.
무이파, 힌남노, 난마돌.
온난화로 뚜렷하던 대한민국 사계절이 무의미해졌다.
그렇지만 인생의 가을 역시 토실토실 알밤처럼
꼭꼭 여물어가기를 염원해 보는 구월 중순이다.

바람이 불고 간 뒤

철부지 시절은 나른하게 느껴지던 봄날이었다.
항상 같은 날이 이어질 것으로만 믿었기에
하릴없이 하품만 하다가 지나쳐 버렸어.

무더운 여름을 닮은 한창 시절엔
아픔도 많았으나
그것들이 꼭 고통스러웠다고만 할 수 없는 것이
사탕처럼 달콤할 때도 있었으니
시원한 그늘 찾아내던 것을 행복이라 말해도 좋지.

철이 들었다 싶을 때는
내가 만들고 저질러 놓은 숙제로 버거워하면서
더욱더 큰 꿈을 키우고자 발버둥쳤으나
이뤄놓은 것도 남겨둘 것도 없이
살아온 날보다 살아갈 날이 짧아진 건 아닐까?

어차피 삶이란 게 영원한 것은 아니지만
귀밑을 점령한 하얀 머리카락 쓰다듬으며
이 가을에
어느 것 하나 수확할 것 없는 낭인이 되어

냉기 피할 구들장이라도 찾아야겠다.
내일을 대비해서.

추억여행

꽃 한 송이 피우기까지
비와 바람에 시달리며
무던히도 애태우던 시간이 흘렀고
너와 나는
반짝이는 황금 실로 날줄 삼고
비단 올 씨줄 삼아
바다 닮은 베를 짰다.

뜨겁게 달군 서편 하늘 붉어진 얼굴
어둠 속으로 살짝 숨어들 때
땅거미 내린 들녘에 홀로 남은 그대는
무슨 생각을 하시는가.

꿈속 같던 봄날도
녹색 바다 출렁이던 여름도
가을 앞에 서고 보니 향기로운 추억이어라.

뒤돌아보면 아름답던 순간도
가슴 아린 파편들도
잊을 수 없는 내 생의 일부인 것을.

야금야금 꺼내먹는 달콤한 사탕처럼
좋았던 순간만 들춰보며 살자면
아픈 기억들은 지우개로 말끔히 지워버리자.

다이어트

저울 위에 올라선다.
숫자를 가리키는 바늘은
위아래로 눈치 없이 오르내리며
중심 잡기 어렵다.

윤리 도덕으로 덮고 있는 도리
숨 막히게 질기고 두꺼운 이불
촘촘한 그물로 짜인 가정이란 올가미
부모의 의무까지 합한 무게가 버겁다.

인제 그만
치렁치렁 걸치고 있는 체면을 벗어내고
내세울 것 하나 없는 의무감도
한 커플씩 벗겨내서
새털처럼 가벼워지고 싶다면
이것 또한 무게를 더 할 욕심이런가.

삶의 다이어트,
꼭 필요한 지경에 이르렀나 봐.

새해 첫날

2024년 청룡의 해
첫날이 밝았다.
깍깍깍 노래하는 까치 한 쌍
반가운 손님 오시면 좋겠네.

날이 가고 해 바뀌면
무뎌지는 게 아니라
더 많이 그리운 하늘 가신 부모님.

어머니 제가 나이 한 살을 보탰어요.
그러면 이제 보고 싶은 어머님께
한 발짝 더 다가선 걸까요?

되돌아갈 수 없는 그 시절
푸근한 어머님 품에 안겨들고 싶은 마음
굴뚝같은 새해 첫날입니다.

삶의 무게

헬스클럽 사십여 평 널찍한 공간
꽉 채워진 운동기구는 각양각색
한쪽 구석에 얌전히 놓인 네모난 전자저울이 있다.

하나둘 하나둘 비지땀 흘리며 운동에 여념 없는
배불뚝이 사장님 올라서며 "허, 이것 참"
저울은 체중을 쟀을까,
인격을 쟀을까?

자신의 몸매를 연방 거울에 비춰보며
왕을 꿈꾸는 청년은 모르긴 해도
근육과 자신감을 달았겠지?
저울의 숫자와 상관없이
의미 있는 미소가 입가에 머문다.

무게에 연연해 세상 끝까지라도 가 볼 태세로
4킬로를 달리던 아줌마 역시
마무리 운동이 끝나면
절대 그냥 지나칠 수 없는 순서
저울 위에 올라 짧은 시간이지만

정확한 심판을 기다리다 갸우뚱,
결코 믿고 싶지 않은 표정.

저울의 숫자는 질퍽거리는 먼 길을 돌아
덕지덕지 둘러맨 삶의 무게라고 자위한다.
깊고 낮은 현실을 잴 수 있는 건
긍정적인 사고와 마음가짐일 뿐이라고.

나도 너를 닮고 싶다

새가 울었다.
아직 꿈나라에서 헤매는데
새벽부터 단잠 깨우는 너
조금만 더 기다렸다가 울면 안 되겠니?

선잠 깬 내 목소리를 들었을까,
새 울음이 잠시 멎었는가 싶더니
또다시 지저귄다.

남보다 일찍 일어나 깃털 터는데
이 시간까지 꿈나라나 방황하던 당신 말에
놀랄 만큼 새가슴인 줄 아니?

잠결에 들어도 황당해서 벌떡 일어났다.
환하게 밝은 창문 너머
붉게 물든 동녘 하늘엔 해가 두둥실.

그래,
내가 졌다.
부지런한 새는 벌써 아침을 해결했단다.
나도 너처럼 부지런해지고 싶다.

하늘이 참 맑기도 하지

하늘이 참으로 맑다.
엄지와 검지로 툭 튕기면
쨍 소리가 날 것 같다.

산이 있어 산에 오르니
만산홍엽 질 무렵 피는 꽃도 있어
늦게 꽃피우는 이유가 있을진저
남모르게 그저 자기 몫을 다하는 건 아닐까.

흘러가는 구름처럼 더는 오를 곳이 없으니
심호흡 크게 하고 무거운 짐 잠시 내려놓아
몸도 가볍고 마음까지도 가볍다.

때로는 삶의 무게가
발목을 잡아주는 온기였으니
큰소리로 너털웃음 웃고 넘기자.
세상이 옳고 그름이 어디 있겠느냐.
저 맑은 하늘처럼 파란 마음 닮아 보자.
하늘이 참 맑기도 하지